Alexandre

Pour Roxanne, Kio, Jacob et Jess
P. T.

Version française
Copyright © Les éditions Héritage inc. 1995
Tous droits réservés

Dépôts légaux: 1er trimestre 1995
Bibliothèque nationale du Québec
Bibliothèque nationale du Canada

ISBN: 2-7625-7978-3

Imprimé en Chine

LES ÉDITIONS HÉRITAGE INC.
300, rue Arran, Saint-Lambert (Québec) J4R 1K5
(514) 875-0327

Jeux, devinettes, objets cachés...

Les oursons s'amusent

Un méli-mélo de jeux visuels !

Prue Theobalds

Traduit de l'anglais par
Marie-Claude Favreau

EH Héritage jeunesse

Table des

Je m'appelle Basile!

Je m'appelle Berlingot!

Je m'appelle Béa!

Je m'appelle Bouton!

Je m'appelle Bertille!

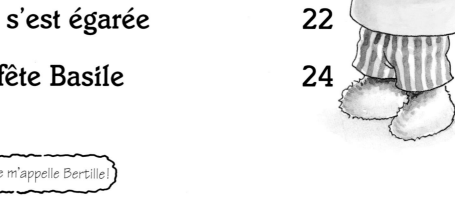

chapitres

Je m'appelle Bottine !

Je m'appelle Blanche !

Je m'appelle Bidule !

Je m'appelle Babiole !

Je m'appelle Bouboule !

Bonjour, petits oursons!

Réveillez-vous!

La journée commence!

Connais-tu le nom de tous les oursons ?

9

Hop là !

Tous les jours, les oursons font des exercices
pour devenir grands et forts et pas trop rondelets.
Aujourd'hui, c'est Berlingot qui mène le groupe,
les autres font comme lui.
Berlingot leur dit de...

s'étirer jusqu'au ciel

sauter sur une patte

se tenir sur les mair

toucher leurs orteils

10

tourner comme
une toupie

sauter dans les airs

tourner le torse

courir sur place

Quels exercices
Béa, Bouton
et Bottine font-ils ?

bondir comme
un ballon

Pauvre Bouboule, il est fatigué !

11

Quel temps fait-il ?

Tous les matins, les oursons regardent par la fenêtre pour voir le temps qu'il fait.

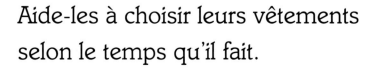

Aide-les à choisir leurs vêtements selon le temps qu'il fait.

Parfois, il fait soleil.

Parfois, il pleut.

Parfois, il vente.

Parfois, il neige.

Bleu, rouge, jaune...

Aujourd'hui, il fait beau.

Les oursons s'amusent au jardin.

Certains jouent aux détectives.

Je cherche ce qui est jaune.

Aide les oursons à trouver
les objets de leur couleur préférée.

15

En route pour la lune

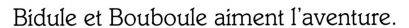

Bidule et Bouboule aiment l'aventure.

Ils veulent aller sur la lune.

D'abord, ils doivent construire une fusée.

Ils ont demandé à leurs amis de les aider.

Qu'ont-ils utilisé pour
construire leur fusée?

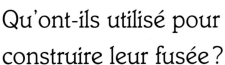

Jeux de balles

Avec leurs balles et leurs ballons,
les petits oursons s'amusent comme des fous.

Qui a le plus gros ballon ?
Qui a la plus petite balle ?
Combien y a-t-il de balles
et de ballons en tout ?

Attention,
Bertille !

Perdu et retrouvé

Pendant que les oursons jouent,
les grands travaillent.
Mais chacun de ces ours distraits
a perdu quelque chose. Aide-les à
retrouver ce qu'ils ont perdu.

Le cousin de Babiole
est facteur.
Qu'a-t-il perdu?

La sœur de Bidule
est coiffeuse.
Qu'a-t-elle perdu?

Le papa de Bottine
est pêcheur.
Qu'a-t-il perdu?

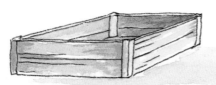

La maman de Bouton
est fermière.
Qu'a-t-elle perdu ?

des fleurs

des lettres

La grand-maman
de Bouboule est fleuriste.
Qu'a-t-elle perdu ?

une brosse

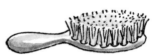

un pain

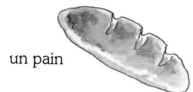

des poissons

L'oncle de Blanche
est boulanger.
Qu'a-t-il perdu ?

un mouton

Béa s'est égarée

La pauvre Béa s'est égarée dans le labyrinthe. Elle ne trouve plus la sortie. Ses amis vont l'aider. Avec ton doigt, trace le chemin vers la sortie.

On fête Basile

Aujourd'hui, c'est l'anniversaire de Basile !
Ses amis lui font une fête et
lui offrent des cadeaux.

Voici les cadeaux de Basile.
Essaie de deviner quel cadeau
correspond à chacun des paquets.

Au terrain de jeu

Maggie
la souris

Achille
le chien

Les oursons sont au terrain de jeu
avec tous leurs amis.

Léopold
le lapin

Voici les amis des oursons.

Peux-tu les retrouver dans la grande illustration?

Chouca
le chat

Pénélope
la poupée

Hou-hou
le hibou

Asperge
le singe

Max
la souris

Méli-mélo

Les oursons adorent sauter à la corde,
mais leurs cordes se sont emmêlées.
Pour les aider et trouver les deux
oursons qui tiennent chacune
des cordes, suis celles-ci avec
ton doigt.

Qui a l'autre bout de ma corde?

Le pique-nique

Les oursons font un pique-nique
au bord du lac. Ils ont plein de choses
appétissantes à manger!

Regarde bien les aliments sur la couverture. Ensuite, ferme les yeux. De combien de ces aliments te souviens-tu?

Par où passer?

Pour retrouver le chemin du retour,
les oursons consultent une carte.
Il y a deux sentiers. Bidule et Berlingot
se chamaillent pour savoir lequel
est le plus court.

Maison des oursons

Avec ton doigt, montre-leur le chemin le plus court.

Cache-cache

Sur le chemin du retour, les oursons traversent une forêt.

«Jouons à cache-cache! propose Bertille. Je compte jusqu'à dix pendant que vous vous cachez!»

C'est le jeu préféré des oursons! Ils adorent se cacher!

Compte jusqu'à dix avec Bertille,
puis aide-la à retrouver les autres.

Les cerfs-volants

Le vent s'est levé.
Béa, Basile, Blanche et Berlingot
ont sorti leurs cerfs-volants,
mais les cordes se sont emmêlées !

Suis chaque corde avec ton doigt.
À qui appartient chacun des cerfs-volants ?

36

37

Oh! le vent!

Oh! non! Le chapeau de Bouboule,
l'écharpe de Bidule et le cerf-volant de
Béa se sont envolés! Heureusement,
ils ne sont pas bien loin!

Voici les objets emportés par
le vent. Essaie de les retrouver
dans la grande illustration.

39

Les oursons se déguisent

De retour à la maison, les oursons
fouillent dans le coffre aux costumes.
Babiole, Berlingot et Bouton
doivent deviner ce que
leurs amis imitent.

Et toi, peux-tu
le deviner aussi?

La passoire
de Bouboule

Les mitaines
de four
de Bertille

Le rouleau
à pâtisserie
de Bidule

Trop de chefs...

Les oursons ont faim, mais il y a
tellement de monde dans la cuisine
qu'ils ne peuvent pas trouver tout ce
dont ils ont besoin.

Voici tous les objets qu'il leur faut.

Les retrouveras-tu dans la grande illustration?

Le torchon à
vaisselle de
Berlingot

Le livre
de cuisine
de Bouton

La poêle
de Bottine

Le moule
à gâteau
de Babiole

Le fouet
de Béa

Le gobelet
de Blanche

La cuillère
de Basile

43

Bonne nuit, petits oursons!

Quelle journée!

Les oursons sont très fatigués.

Blanche leur lit un conte.

Bientôt, les oursons épuisés tombent endormis!